洗澡 之后

杨绛

本名杨季康,江苏无锡人,中国著名的作家、戏剧家、翻译家。杨绛创作丰富,小说有《洗澡》《洗澡之后》,散文有《我们仨》《干校六记》《走到人生边上》等。杨绛通晓英语、法语、西班牙语,由她翻译的《堂吉诃德》被公认为翻译佳作。

洗澡之后

杨绛 / 著

人民文学出版社

图书在版编目（CIP）数据

洗澡之后／杨绛著．—北京：人民文学出版社，2023（2023.11重印）
ISBN 978-7-02-018178-0

Ⅰ.①洗…　Ⅱ.①杨…　Ⅲ.①长篇小说—中国—当代　Ⅳ.①I247.5

中国国家版本馆CIP数据核字（2023）第146884号

责任编辑	樊晓哲
装帧设计	刘　静
责任印制	张　娜

出版发行	人民文学出版社
社　　址	北京市朝内大街166号
邮政编码	100705

印　　刷	北京盛通印刷股份有限公司
经　　销	全国新华书店等

字　　数	47千字
开　　本	850毫米×1168毫米　1/32
印　　张	4.125　插页1
印　　数	6001—9000
版　　次	2014年8月北京第1版
印　　次	2023年11月第2次印刷

书　　号	978-7-02-018178-0
定　　价	48.00元

如有印装质量问题，请与本社图书销售中心调换。电话：010－65233595

《洗澡》提要

《洗澡》是新中国成立后首部反映知识分子思想改造的长篇小说，它借一个政治运动作背景，描写那个时期形形色色的知识分子：他们的确需要改造，然而改造的效果又如何呢？只有少数几个人自觉自愿地试图超拔自己，如许彦成、姚宓、罗厚等，读者出于喜爱，往往把他们看作本书的主角。

许彦成是一位举人女儿的遗腹子，读大学期间，聪敏又老实的个性被"标准美人"杜丽琳看中，在母亲逼婚压力下，许匆匆和杜结了婚，婚后两人先后出国留学。全国解放后，许彦成兴高采烈回国了，夫妻被分配到文学研究社工作。他对妻子尊重体贴，但杜丽琳有时要怀疑，自己是否真正抓住了他的心。

姚宓的父亲姚謇原是一所名牌大学的教授，因患有严重的心脏病，抗战前夕没有随校南迁。北平沦陷后，原有的不少房产祖业渐渐卖光，被人看成败家子，却不知他的家产多是通过"国学专修社"的中共党员资助了北平地下党活动。抗战胜利前夕，姚謇心脏病突然发作去世，太太闻讯亦中风瘫痪，女儿姚宓为给母亲治病，抵押房产，辍学到大学图书馆做管理员。姚謇的国学专修社，政府接管后改为文学研究社，姚宓被安排在该社图书室工作，就近照顾母亲。

罗厚是个"野小子"，和姚宓在大学同班，还是远亲。姚家败落后，很多事靠他帮忙。姚宓品行纯洁，人格高尚，有一种掩饰不住的自然美。罗厚曾为保护姚宓而与流氓打架，对姚宓崇拜爱护，但两人没有想到要谈情说爱。

姚宓在工作中常与专家老先生们打交道，看不惯有些人对漂亮女人的馋相，怀疑他们是假道学。但许彦成不一样，他很有气质，对她客客气气，却很友好，她对他也不存戒心。彦成常到图书室来翻书和借书，也欣赏姚宓读书多，悟性好。他们偶尔谈论作家和作品，很说得来。人丛里有时遥遥相见，彦成会眼神一亮，和她打个招呼，饱含"心有灵犀一点通"的温情。两人共同经历了一场实为思想改造运动的所谓"洗澡"，互相了解加深。但两人约好，只做君子之交。

目 录

前　言　　1

第一部　　1

第二部　　57

结束语　　123

前　言

　　《洗澡》结尾，姚太太为许彦成、杜丽琳送行，请吃晚饭。饭桌是普通的方桌。姚太太和宛英相对独坐一面，姚宓和杜丽琳并坐一面，许彦成和罗厚并坐一面。有读者写信问我：那次宴会是否乌龟宴。我莫名其妙，请教朋友。朋友笑说："那人心地肮脏，认为姚宓和许彦成在姚家那间小书房里偷情了。"

　　我很嫌恶。我特意要写姚宓和许彦成之间那份纯洁的友情，却被人这般糟蹋。假如我去世以后，有人擅写续集，我就麻烦了。现在趁我还健在，把故事结束了吧。这样呢，非但保全了这份纯洁的友情，也给读者看到一个称心如意的结局。每个角色都没有走形，却更深入细致。我当初曾声明：故事是无中生有，纯属虚构，但人物和情节却活生生地好像真有其事。姚宓和许彦成是读者喜爱的角色，就成为书中主角。既有主角，就改变了原作的性质。原作是写知识分子改造思想；那群知识分子，谁是主角呀？我这部《洗澡之后》是小小一部新作，人物依旧，事情却完全不同。我把故事结束了，谁也别想再写什么续集了。

二〇一〇年六月十一日

第一部

第 一 章

姚宓正帮助妈妈整理四季的衣服,把衣服叠在床上,细心地分别装入姚太太的大皮箱,忽见罗厚抹着汗赶来,先叫了一声"姚伯母",然后规规矩矩地等候姚宓放好了手里的衣服,才试探着说:"姚伯母,我舅舅、舅妈要请伯母和姚宓到我家去住,不知道伯母赏脸不赏脸。"

"你家?你家在哪儿呀?"姚太太笑着说。

"对不起,姚伯母,我在舅舅家住下了,就说成'我家'了。还有更要紧的没说呢。舅舅说：这一带房子，地契上全是姚家的，公家征用了，要给一笔钱。舅舅只怕伯母又不要钱……"

姚太太说："钱，我不要，我只求老来有个归宿的地方。阿宓卖掉的那个四合院，我倒常在记挂，阿宓，你还记得吗？咱们那宅四合院前一进是餐厅兼客厅，东西厢房家里佣人住。咱们家那时有六个佣人呢。男的住外面的一进。女的跟咱们一起，住里面的一进。"

姚宓想起往事，不胜感慨。她说："当时为给妈妈治病，我急得没办法了，匆匆忙忙地卖了，现在还买得回来吗？"

罗厚说："大概没问题，舅舅面子大，关系广，办法多，什么都好商量。只是怕姚伯母吃亏了。"

姚太太说："吃亏不吃亏，我不计较，反正便宜的是公家。"

罗厚说："伯母，您答应了？"姚宓笑说："你舅舅、舅妈吵架，叫我们去劝架吗？"

罗厚说："什么吵架呀，他们从来不吵架。我刚到文学研究社的时候，舅舅对我说：'你舅妈爱生气，一生气就晕倒。你不理她，她过会儿自己会好；你要是理她，她就鼻涕眼泪的没完没了。你以后看到我们吵架，趁早躲开。'我想，我压根儿躲到文学研究社那集体宿舍去，只是星期天回家；如果看见舅舅、舅妈好像要吵架，就连忙回宿舍。现在我住舅舅、舅妈家了，听他们要吵架，我没处躲，只好躲在自己卧房里。"他哼了一声，接着说："见鬼的吵架！舅妈哪敢吵呀。她一句话都没说就晕倒了。我等舅舅晚上出去开会，偷偷儿问舅妈。她果然鼻涕眼泪的哭了，哭得好伤心。我安慰她说：'谁欺负你，我和他打架！'"

罗厚接着说："嘻，舅妈哪里敢和舅舅吵呀。我从小听我爹妈说起舅妈，他们都瞧不起她。这些年来，他们信儿都没有，我好像是给了舅舅家了。"他顿住说：

"伯母耐烦听吗？"姚太太说："你讲下去。"罗厚就接着说："陆舅妈是可怜人，她对我说：'我哪里生气呀，我是伤心。我家穷，嫁给陆家是高攀。亲事是我爹定的。可是我妈妈很早去世了。我后妈要了陆家好大一笔聘礼，却没陪什么嫁妆。陆家人向来看不起我。'舅舅是最小的少爷，任性惯的。舅妈盼姚伯母到他们家一块儿住，舅舅就不好意思发少爷脾气了。"

姚太太说："啃！"她从没想到陆舅舅家如此情况。

姚宓说："你不是对陆舅妈说，谁欺负你，你就跟他打架吗？打过没有？"

罗厚嘻嘻笑着说："我不过背后说说呀，我敢吗？"

姚太太和姚宓都笑了。接着姚太太叹了一口气说："我住在西小院里，不过是图阿宓上班方便。你们那边，听说院子很大，比这儿大多了。"

罗厚说："房子也不少，我一个人住一间房，还有一个书房。姚伯母愿意去那边住了？"

姚太太答道:"那边去住,愿意;只是我得有个后路。要不,我把这边住的西小院放弃了,我想收回的老四合院又收不回来,不就两头落空了吗?"

罗厚说:"伯母放心,舅舅肯定会想法把您那老四合院给买回来。"

罗厚觉得完成了任务,很高兴,笑嘻嘻地说:"伯母,我还要告诉您一件事。昨天余太太——余楠的太太叫我代她问您好。她告诉我说:'余先生因为最高学府没要他,气得饭也不吃,发了两天脾气。他这会儿又在吹牛了,说他当了人民大学的什么主任了,说最高学府培养学生,人民大学却是培养管教学生的干部。'我家有电话,就把家里的电话号码告诉了她,有事可以给我打电话。余先生'洗澡'瘦了一圈,据说现在又胖回来了。余太太却是又瘦又憔悴,比前次伯母请她吃晚饭的时候老多了。大概是搬家忙坏了。"

姚宓说:"罗厚,你可知道,她是我的大恩人!他们打算批判我的那份稿子,是她为我'偷'出来的。不知她怎么'偷'的。将来请她讲,一定好听。"

罗厚说:"哎,只她一个人忙搬家,别人都不帮忙,不过她能留在北京就很称心了。她舍不得离开那两个宝贝儿子。她还顶俏皮呢,说她那位'香夹臭'的老公……"

"什么'香夹臭'?"姚宓不懂。

"'香夹臭'呀,我也不懂。我问了,余太太说:我说的上海话,你们不懂。打个比方好吧,狐臊臭的女人洒上香水,就是'香夹臭'。"

姚宓想起了余楠的"洗澡",姚太太也知道。母女俩都忍不住大笑。

罗厚说:"我只见余太太不声不响,忍气吞声,规规矩矩的,谁知她还顶俏皮。她把那位'香夹臭'老公一定看得很透,伯母面前她不说笑,那天她笑得酒窝都出来了。她跟女儿长得很像。"

正说着，他忽然看看手表，忙说："伯母，我得走了，叫姚宓送送我吧。"

姚宓送他到门口，他鬼鬼祟祟地说："你劝伯母搬过来吧。许先生来了，你可以躲在我屋里；杜先生来找他，你就躲到陆舅妈屋里去，叫杜先生心痒难挠。"

姚宓沉下脸说："我不是早说过，我不做方芳吗。况且许先生、杜先生连我们搬哪儿去都不知道呢。"

"真的，姚宓，你决定搬我舅舅家去吧。伯母可以和舅妈做伴儿，舅舅就不好意思发脾气了。舅舅家的厨子做菜很好，你家不用开伙，你也不用打扫卫生、拖地、擦玻璃了。对了，我想起上海小丫头了。伯母还不知道我不愿意做图书馆的工作，已经分配到外国语学院去了，我现在做朱千里先生的助教……"

"你又不懂法文。"姚宓打断他。恰好沈妈来做晚饭，罗厚忙忙地走了。

姚太太问："阿宓，怎么说了这么长的话，又是秘密吗？"

姚宓说："罗厚在外国语学院当助教呢，他和'上海小丫头'同事了。"她也告诉妈妈，"罗厚说，搬陆舅舅家去，我们家就不用另外开伙。"

姚宓收拾了床上一叠叠衣服，母女俩从容商量搬家问题。她们决定搬到罗厚的舅舅家去。姚太太叫姚宓先写信问问王正、马任之，搬陆家去是否合适。王正、马任之是政治和生活经验都很丰富的老同志，考虑问题比较客观周全，姚家母女和王正、马任之是很亲密的。

王正特地去看了姚太太和姚宓，说马任之正挂念她们搬往哪儿去合适，就搬陆舅舅家去吧。

一个月后，罗厚拿了姚家老四合院的房契和钥匙交给姚太太，说他舅舅让手下办事人员买了一具结结实实的大锁，锁在四合院的门上了，这是钥匙。姚家的老四合院，已由舅舅派人同现在的房主商妥签约买回来了！姚太太就叫姚宓收好。姚宓把房契藏在妈妈的大皮箱箱底，把钥匙和妈妈另外几把重要的钥匙穿在同一个钥匙圈上。

姚太太心里踏实了，放放心心地收拾了家里的东西，搬往陆家去。

第 二 章

得姚家赠书的图书馆是博文图书馆，姚宓得到了通知，就到博文图书馆去报到。图书馆长亲自接见了她。

馆长面带笑容，却很严肃。他拿着一张姚宓亲自填写的表格，对姚宓端详了两眼，他问：

"你就是姚宓？"

姚宓忙回答："我就是姚宓。"

"今年二十八岁？"

"快二十八岁了。"

"你是民盟陆先生的侄女？侄媳？"

姚宓摇头说："我和他没有任何亲戚关系。"她只知道馆长姓朱，也懂得小辈对长辈不兴称名，她只称"朱馆长"。

馆长在沙发上坐了，也请姚宓坐。姚宓不敢和馆长并坐长沙发，拉过一张木椅，坐在馆长的斜对面。馆长觉得这个姑娘知礼，他脸上的笑容加深了一层。他慢吞吞地说："当初令堂要求另设'纪念室'，本馆从来没有个人的'纪念室'，很抱歉。不过府上捐赠的善本、孤本，都有姚謇先生的印章，我们一律不出借的。请告诉令堂，请她放心。"

姚宓听馆长把她背后嘀咕的话都说出来了，很不好意思，红了脸说："那是我私下嘀咕，家母并不知道。"她那副羞惭的容色，很妩媚可爱，可是馆长视而不见，只说他心上的话。他说："你该知道，管理图书是专门之学。咱们国家从前曾经派送好多位专家出国学习，如今健在的只有梁思庄先生一人了。你虽是新来的一个最年轻的职员，却是我们打算培养的人。我们博文图书馆是为人民服务的，只有付出，没有收回，没有能力送你出国深造。目前燕京大学并入新北大了。燕京大学的编目属全国一流，每本书有两套卡片，一套以作者为主，一套以作品为主。查了作者卡，你就知道这位作者还有什么其他作品；查了作品卡，你就知道这件作品出自哪位作者。其他图书馆认为这是笨工作，都偷懒不肯费功夫了。清华、燕京相去不远，清华图书馆就只有一套卡片。你以后见见梁思庄先生，向她当面请教。燕京的宿舍，你挤不进去，我已经拜托你那位陆舅舅和清华的有关领导打过招呼，试试让你借住一下清华女生宿舍，也许没多大问题。"

姚宓心想在新北大进修不如留在本校宿舍方便，她自己想办法。

馆长接着问姚宓："你通几门外语？"

姚宓说:"学过英文、法文。"

馆长说:"不行,凡是有代表性的文字,你都得学,也别忘了咱们本国的古文。"

姚宓说:"古文,家母也教过我。"

馆长说:"中文系李主任的课,你可以去旁听。"他概括说:"有一位杨业治教授,英文、德文、意大利文都好,不过,他现在只教德文,你可以旁听他的课。许彦成先生,你在文学研究社就由他指导,你可以旁听他的课。最高学府现在有哪位法文好,我不知道了。温德先生的法国文学不错,但是口音不行。俄文,你学过吗?"

姚宓说:"从没学过,只读过英文翻译的托尔斯泰的《战争与和平》,陀思妥耶夫斯基的《卡拉马佐夫兄弟》,还有《契诃夫全集》。"

馆长说:"译者是专译俄文的有名女专家,能读她的译文就行,你年纪也不小了,还要从'阿、勃、勿、格、得'读起，也太累了。好，你到隔壁去，请赵明同志过来。"隔壁只隔着一片薄薄的木板，显然是特意这样隔的，这边的话，隔壁全听得清清楚楚。

姚宓把隔壁的赵明同志请了过来。馆长说："这位赵明同志是博文图书馆员工班的主任。你业务学习，请梁馆长指教，政治学习，由赵明同志领导。"他说完，点点头就起身走了，姚宓对他深深鞠躬，他也没看见。

赵明同志笑着看姚宓向馆长的背后鞠躬，他说："姚宓同志，你好大面子，馆长亲自接见。馆长的话你都听见了吧。我们这儿，每星期一上午政治学习，时间不长，顶多一上午，有时候两三个小时，别忘了。"

第 三 章

姚宓回家把博文图书馆馆长如何接待她告诉了妈妈。姚太太说："既然你在学校已找好了住的地方，你就搬到学校去住吧，反正要带的东西不多。"姚宓就收拾了必要的东西准备到学校去。

这天下午，她找罗厚为她扛了铺盖卷儿，提了其他行李，她自己也拎了大包小裹乘公交车到学校，找到了女生宿舍。罗厚又不会什么客，他立即回家，让姚伯母知道女儿已经安然到校了。

姚宓同宿舍的学生帮姚宓把行李搬上三楼，同房间的是个高个儿的女孩子。她很热心，帮她打开铺盖卷儿，还帮她铺床，还带她到洗漱室安放了脸盆脚盆，并告诉姚宓厕所就在洗漱室旁边，洗澡有分隔的小间。她们俩回房，这女孩子又帮她整理书桌。

姚宓说："我得到图书馆去报到吧？"

同房间的学生说："你向谁去报到呀？这会儿梁馆长又不在图书馆里。一会儿就要吃晚饭了，我带你上饭厅吃晚饭。你还没买饭票呢。不要紧，用我的就行。我叫小李。"

姚宓说："我叫姚宓。"

"叫你姚姐姐行吗？"

"我就叫你李妹妹。"

那女孩子说："我学名李佳，大家都叫我小李。我没有妹妹，我是独养女儿。我要有个妹妹多好啊！我就可以做李姐姐了！"

姚宓觉得她天真可爱。她跟小李同吃了晚饭，小李又为她画了一张学校的地图，带她上四楼屋顶一一指点：哪里是图书馆，哪里是大礼堂，哪里是教学楼等等。她忽然遥遥指着说："快看！快看！"

真是无巧不成书，姚宓看见杜丽琳挽着许彦成的胳膊，亲密地向校门走去。两人的脸色都很难看。姚宓暗想："他们准是又在吵架呢。"

她问小李："你认识他们？"

小李说："啊呀，姚姐姐，他们是新来的外语系教师，女的专教口语，咕噜咕噜一口英国话，还会说美国话。英国话、美国话不都是英语吗？她还有个分别，真了不起！她最洋，绰号'标准美人'，可是我爸爸不喜欢她，说她太'标准'。姚姐姐，你是天然美，你是一级，她只是二级。"

姚宓笑说："从没听说美人还有一级二级。你也是美人，一级还是二级？"

"我是野小子。我会跳高跳远,还会撑杆跳。妈妈怕我摔伤,爸爸警告我,千万不能做运动员 —— 呀,该回屋了,你明天还得见梁馆长呢。"

姚宓确也累了,不过上了心事。许彦成是经常跑图书馆的人。她见了许先生,不管是许先生独自一人或是有杜丽琳陪着,她怎么说呢?她把陆家的地名夹在笔记本里,准备面交。

第 四 章

姚宓料得不差，许彦成和杜丽琳这夜确在吵架。杜丽琳逼许彦成交代他和姚宓的关系呢。经过了一番"洗澡"，又忙着搬了一个家，许彦成肯定自己没有对不起杜丽琳，是杜丽琳对不起姚宓。他冷气直冒，干脆不客气说："你以为她是我的情人吗？"

杜丽琳冷笑两声，不搭理。

许彦成冷气换成了火气，使劲儿说："无耻！"

"谁无耻？"

"这用问吗?"

"这是你对我说的?"

许彦成说:"去告诉你的党委书记大人,去告诉你新交的那几位名师吧!"杜丽琳气得眼泪直流,抖声说:"家丑不可外扬,你是要逼我闹离婚吗?"

"我逼你?你不是在逼我吗!"

杜丽琳改用英文说:"小声,别让阿姨听见了外面说去。你不顾我的脸面,我还要做人呢。咱们是新来的老师呀。"

许彦成一声不响,照例钻他的"狗窝"。他现在的"狗窝"却是一间很大的书房。杜丽琳独在客厅灯下哭泣。

姚宓看到杜丽琳勾着许彦成的那副亲密劲儿,确也窥到了亲密中的文章。

第二天早饭以后,她问小李:"梁馆长哪儿去找?"

小李说:"你到了图书馆,碰到随便谁,你就说要见梁馆长，他会带你去。"

姚宓见到一个学生，就请他带她去见梁馆长。据小李说，紧贴着图书馆，有一间馆长办公室。馆长是有名的女专家，顶和气的，她的办公室挨着借书处，很容易找。

姚宓刚到图书馆，就碰见了许彦成。她立即把那张抄着陆家地名的纸，塞给许先生，一面说："现在我就在这儿学习编目。今天我来向馆长报到。"

许彦成很出意外，他看了姚宓交给他的地址，点点头，随就领她到馆长办公室去，一面说："告诉姚伯母，这星期六准来看伯母。"他说完低着头走了。

馆长见了姚宓，笑说："姚宓，博文图书馆馆长早给我打过招呼，叫我照顾你。你的活儿很轻的，你就在这里学习编目。你得看些书。有关图书管理的各种主要学术论著，最好都熟悉一下。我这会儿先给你开个书目，你找几本来看了再说。"

她开了书目，对姚宓说："你不是我们图书馆的职员，你是来进修的，和学生一样，周末休息。"她亲自把姚宓送进书库。

姚宓忙去找书，忽见许彦成走到她身边说："阿宓，我好想你。"

姚宓吓了一跳。她说："这是书库呀。"

许彦成说："教师可以进书库。"这也等于说："以后我们可以天天见面。"

姚宓激动得书也不会找了，全是许彦成帮她找到的。幸亏这天书库里没几个人。

姚宓回宿舍吃饭，小李在等她。姚宓看了她的笑脸，不由得心上喜欢。她说："小李啊，我真是好运气，能和你同房间。"

小李说："哪里是好运气呀，是我挑的。这屋里原来是三个人住，派给你同房间的人不愿意和陌生人同住，我就和她交换了。"

"你不爱三个人一间？"

小李说："我嫌她们闹。她们爱说说笑笑，我爱看书。"

姚宓说："太好了，我也爱看书。"两个人都高兴得笑了。

小李带姚宓进了宿舍里的女生食堂，先为姚宓买了饭票，又要了两份饭，三样菜，找了个僻静的角落，俩人分端了饭和菜一同吃饭。

姚宓忍不住说："小李，你真好！"

小李一团孩子气地说："姚姐姐，你真美！我最崇拜美人。"

"你自己不也是美人吗？"

"我是野小子，谁也不赞我美。"

姚宓笑说："我也没人赞我美呀。"

两人都笑了，很亲密地一同吃了午饭。

小李笑嘻嘻地说："姚姐姐，我发现你的被子和衣服都特讲究,干吗罩着一件灰布制服呀?你是假装朴素吗?"

"为什么要假装呀?"

"我爸爸是这里中文系的主任,主任还没钱吗?不过这儿主任多着呢,孩子多了,就穷了。同学里有阔学生,吃穿都讲究,同学看不起她们,不跟她们好。"

姚宓笑说:"你会装穷,所以人人喜欢你?"

小李笑出两个深深的大酒窝。她说:"姚姐姐,我很会假装呢!"

这话引发了姚宓的孩子气。她说:"我就揭发你!"

小李说:"我嗅觉灵敏,嗅出了姚姐姐最可靠,不做对不起人的事。我还假装……不说了,咱们得吃饭了。"

姚宓看着小李单纯可爱,心里一动,有了一个好主意。周末回家,她要和妈妈谈一件要紧事。

这天下午四点左右,图书馆长又来看姚宓,看见她还认认真真地看书呢。她说:"你读完了?"

姚宓说:"都读完了,也许读得不够仔细,只粗粗地看过,知道一个大意。"馆长点点头说:"这样就行。照你这样进修专业,不用两年,一年就足够了。"

她拍拍姚宓的肩膀说:"还有一句话我忘了说。我不是答应照顾你吗,你星期六吃完午饭就可以回家,免得下班的时候,挤不上公交车。"

姚宓感激得站起身说:"谢谢馆长。"她恨不得对馆长鞠躬呢。馆长笑了,姚宓也笑了。

姚宓很愉快地回宿舍,和小李吃完晚饭,手挽着手,同到校园散步。

许彦成想到姚宓在本校图书馆进修,不能不告诉杜丽琳,她迟早会知道,准会怀疑他隐瞒着什么。但是杜丽琳到吃晚饭时才回家。

晚饭以后,阿姨在厨房洗碗。许彦成把姚宓在本校图书馆进修的事告诉了杜丽琳。

杜丽琳看了许彦成递给她的姚家的新地址,没说一句话。

许彦成说:"我星期六进城去看姚伯母,你也同去吗?"

杜丽琳长叹一声说:"你放心吧,我已经认命了,命里注定,我这一辈子是丈夫厌弃的妻子。感情是不能勉强的。我痴心等待你对我说的那三个字,你早已给了别人了。我何苦一辈子泡在醋里呢!你已经承认你们没有一点不正当关系。这种话何必多说呢。"

这个星期六午饭以后,姚宓不回从前文学研究社的西小院了,她直接到陆舅舅家去,她以前去过。姚太太正在那边等她呢。姚太太带着姚宓看了她们的新居,又带她去见了陆舅舅、陆舅妈。大家都很高兴。

第 五 章

姚宓和许彦成先后脚到姚家新居。姚宓刚和妈妈说:"妈妈,我今晚有要紧话告诉妈妈呢。"许彦成跟脚就来了。他问了姚伯母好,说:"丽琳有事不能来,叫我问伯母好。"

姚宓说:"她不是教口语吗? 她也集体备课?"

许彦成说:"咳,她现在是系里的大红人。她结交了许多学校里走红的朋友,忙着呢!"

许彦成和姚太太谈了些别后的事,姚太太又介绍她见了罗厚的舅舅和舅妈，罗厚却不见人影儿。陆家舅舅、舅妈要留许先生吃饭。许彦成说："我说定要回家吃晚饭的，得走了。"他匆匆回校了。

姚太太问女儿："你的要紧事是关于许彦成的吗？"

她看到许彦成对阿宓留恋的情意，却好久没看到阿宓这么轻松愉快了。

姚宓说："和许先生不相干，是关于罗厚的，妈妈，从搬到了这里来，陆家舅舅、舅妈都把我看作未来的外甥媳妇了。就连罗厚，恐怕也这么想了。可是，我和罗厚性情不相投。他很能干，将来会成实业家，不过他毫无头脑，没有理想。我是喜欢有理想的人。"

"实干和理想也许相反相成呢。"

"不，妈妈。妈妈知道相反不一定相成。"

妈妈点头说："彦成是有理想的，可是他那位夫人很有点俗气。"

姚宓又轻快地笑了。她说："我是为罗厚找到了一个合适的伴侣,才和妈妈提这个话的。她天真、活泼、聪明、爱读书。"

妈妈还想听她说下去,阿宓却不肯多说了,只问妈妈:"假如我嫁了罗厚,我会称心吗?"

妈妈想了一想,慢吞吞地说:"你讲的确也有理,我早说过,我决不干涉你的婚事,决不勉强你。"

姚宓说:"我这会儿跟妈妈声明了,心上舒服多了。"

姚太太好久没看见女儿轻快的笑容了。她想:"阿宓和年轻女孩子一起生活,也活泼快乐了。"

母女还像从前一样,睡在一张床上。姚太太听女儿一会儿就睡得声息全无,她却反侧了好久才入睡。

姚宓一老早就乘公交车到校,小李正在食堂吃早饭呢。书桌很整齐,小李是爱整齐的女孩子,姚宓也是爱整齐的。她们的书桌上放着整整齐齐一叠版本很好的《左传》,不是图书馆借的。书架上却都是英文书,有诗歌，小说更多，也是家藏的。桌子上摊着一本笔记本儿，本儿上是小李摘录的《左传》。

小李吃完早饭上楼，看见姚宓正在看她的笔记，忙双手掩住笔记本儿说："姚姐姐，我的字太糟了。"

姚宓说："小家伙，你不是杜先生的学生吗？怎么又在用功读古书呀？"

小李笑得酒窝都出来了。她说："我是中文系的学生呀！偶然也旁听外文系的课。"

"哦，中文系的。我明白了。可那天吃饭的时候，你说了半句话，没说完，你说'你会假装'，你是中文系，却假装外文系，对不对？"

小李说："不对，我是名正言顺的中文系的学生。我爸爸说：'现在中学里只着重数理化和英文，学生对中国旧学，简直一窍不通。'所以叫我读中文系，补读些必读的旧书。我那天说的'假装'……"她忙咽住不说了，只说："不能说的，我对谁都不敢说。不过，姚姐姐，我嗅觉很灵敏，我是小狗，我闻得出人。姚姐姐和别人不一样，说给你听也不怕。"她却怕人听见似的附在姚宓的耳上，轻声说："我怕做运动员，我就假装晕倒，晕两次不够，我晕了三次。"她眨巴着眼睛对姚宓笑。"我妈妈还在找大夫开请假条儿，免我剧烈运动。"她接着说，"姚姐姐，你快上图书馆去吧，我今天第一堂没课。咱们吃完饭再讲。"

姚宓估计自己还不太晚，她缓步走到图书馆。她换了一件很考究的薄夹衣。许先生还没看见她从前的好衣服呢。她只对妈妈说"学校里没有人穿灰布制服了"，她带了几件好衣服到学校去，姚太太没注意。小李却立即看到了。她说："姚姐姐，你的衣服真美。幸亏你只躲在书库里学习，要不，准有人要追你了。"

"有人追你吗？"

"没人敢。"

"为什么？"

"我假装不认识他是谁。别人指出了他，我就当众把信还给他，一面说：'你敢把你写的那些肉麻话念给大家听吗？'别人就会把他的信抢去，念给大家听。他的脸都丢光了。"

"是你爸爸还是你妈妈教你的？"

"他们不管我的事，我自己想出来的。姚姐姐，肯定有人追过你。"

姚宓摇头说："从来没有。"她说罢觉得自己不够老实。她也不能说没和谁通过信。她换个话题说："自从我爸爸去世，我就得挣钱养家了。"

小李说："有钱人家，哪会一下子就穷呀？"

姚宓说："我讲的是真话。"她说了她父亲怎样耗尽了全部家产。

"我家也差不多。我们原先是官僚地主。一解放，我家忙把田地卖了，'李氏义学'也捐给国家了。不过，你家可算无产阶级了吧？我家还是资产阶级。大学教授不都是资产阶级吗。我填成分的时候瞒了一点小事，这可是千万不能说的。"她顿住口好半天，不等姚宓追问，又说："姚姐姐，我知道姚姐姐和别人不一样，告诉你也不要紧。我说我家是教师成分。"

"大学教授不是教师吗？"

小李放低了声音，在姚宓耳朵里说："我爷爷是'学老师'。你知道'学老师'吗？'学老师'是个官名。"

"'学老师'，那是什么官呢？"

"你果然不知道。姚姐姐，你可千万不可以说出来的。我爷爷是个举人。举人做了'学老师'吃朝廷的俸禄。我的再上一辈，是进士出身，做过很大的官。幸亏我们填成分不问上辈，我都隐瞒了。姚姐姐，我知道你不会戳穿我的。"

姚宓叫她放心。她们俩分享着许多秘密，两人更要好了，成了无话不说的好朋友。

第 六 章

小李告诉姚宓:"我爸爸很赏识许彦成先生。"她觉得姚姐姐一惊,好像脸都红了。她说:"姚姐姐认识许先生吗?"

姚宓只好说,许先生从前是她的老师。小李顶乖觉,她怀疑姚宓看中许先生,或是许先生看中姚宓。她说:"爸爸说,标准美人出风头,不稀奇。许先生淡定低调,装得自己庸庸碌碌,装成庸中之庸,很不容易啊!他老是忧忧郁郁的,肯定和那个标准美人合不到一处。"

姚宓装作不经意地说:"许先生和杜先生很要好的。"她急着要改个话题,就说:"你爸爸和妈妈一定很要好,他们爱说爱笑吗?"

小李说到她妈妈,不由得自豪地说:"我妈妈是奇女子!我妈小时候不肯裹脚,逃到了她姨妈家。姨妈还算疼她,可是姨夫很小气,把她当丫头使唤。有一晚,姨夫发现她一个人偷偷在灯下读书,就把她打了一顿。她十六七岁逃到北京,到人家帮佣。后来她考取了师范学校,毕业成绩第一名。她就做了商务印书馆的职员。她由商务印书馆的一位编辑做媒,介绍给爸爸的。爸爸说我性格像妈,相貌像他。"说着,她拿出一幅全家福的照片,问:"姚姐姐,你觉得我像爸爸吗?"

姚宓说:"很像。"

小李说:"我觉得我妈是天下最好看的女人,我不如爸爸好看。"

"你妈妈很严肃吗?"

"一点儿不,她很爱说笑。她穿衣服比爸爸和我讲究。"

姚宓说:"你妈妈算什么成分呢?"

"职员。"

姚宓说:"你妈妈真了不起!我真羡慕你。"她越发拿定主意要给罗厚介绍这个对象了。她也很想见见小李的妈妈。

她找了一张罗厚的照片给小李看,说:"这个人算是我的表哥,因为他是陆舅舅的外甥。"

小李说:"他好帅呀!可是他完全没有帅哥那种气派,他不臭美。"

姚宓拿着照片说:"送给你,要不要?"

小李摇摇头,可是她又拿来仔细看了,好像很喜欢。

姚宓回家对她妈妈说,自己同房间的女孩子非常可爱，下次带她来见见妈妈，行吗？姚太太果然很有兴趣。

姚宓打算邀请小李到她家去，她得见见小李的父母。她问小李："我想请你到我家去，我是不是先得求得李先生和师母的准许呀？"

小李说："得求得他们准许，因为我今年才十七岁，还没有成年呢。"

"我上大学时，比你大一岁。今年我快要二十八岁了。日子过得真快！小李，这个星期日下午，我想到府上拜见李先生和师母，问问他们是否准许你到我家去。反正我只问个准许，不会耽误他们的工作。"

姚宓到李先生家拜见了老师和师母。师母非常清秀，比姚宓想象的美得多。她和小李一点儿也不像。小李的相貌完全像爸爸。她那两个深深的酒窝，在爸爸脸上却是两道深深的皱纹。

李师母早就听她女儿讲姚姐姐了。她已经准备了

39

晚饭，要留她多坐会儿。她说："晚饭后，我送你回家。"

姚宓说："晚饭后我自己会回家。不过我得和妈妈通个电话，告诉一声。"

接电话的是陆舅舅。他说："阿宓，你在哪里？说得出地名吗？"

姚宓说了李先生家的地名。她说："不远，舅舅放心。"

陆家舅舅说："我派车来接。你别出门，等着车，免得两头跑个空。"他说完就挂上电话。

姚宓觉得不好意思，先悄悄告诉了小李。她说："小李，你对妈妈说，我的陆家舅舅是'汽车阶级'，他要派车来接。"

李师母已经听见了。她说："嗐，我想送你回家，趁便见见你妈妈。既然你那位陆家舅舅要派车来，只好等以后再见面了。"

姚宓看到李家的陈设，远比陆家讲究。他家挂的字画都是名家手笔。房子也很好。虽然陈旧，门窗隔扇都非常精致。李家是举人，进士出身。"学老师"这官名她都不知道，她妈妈也许知道，回家得记着问问。她暗想：陆家舅舅不过是民主人士罢了。

李先生也知道陆家舅舅的大名。他毫无老师架子，对姚宓像慈父。姚宓记得自己家的四合院，比李先生家差多了。小李是住惯了这种房子，不知道自己家境多么优越。

他们四人一桌，菜也不多，都很可口。姚宓特爱喝他们的不知什么汤，没好意思问。她喝了满满一小碗汤，门上传进话来，陆家的汽车来了。

姚宓很有礼貌，认为车可以等人。她在李家谈完了话，才起身告辞。

姚宓到家，只她妈妈还在等她，别人都睡了。

姚宓问妈妈，什么是"学老师"。

妈妈说："那是官名，中了举，才能当'学老师'。

你那个小李，脾气犟吗？厉害吗？"

姚宓细细地把小李的言谈举止一一向妈妈讲，又讲了李家的房子、家具、陈设等等。妈妈听得很有兴趣。她说，一定得把李家人都请来。她又问女儿："李先生不常请客吧？"

姚宓想了一想说："好像他从不请学校的人到他家去。"

妈妈点点头说："你那位李先生很有道理。小李也很聪明，知道姚姐姐和别人不一样。"

姚宓存心要把罗厚介绍给小李。可是陆家人和她妈妈都把阿宓看成罗厚的未婚妻。姚宓虽然向妈妈声明罗厚和她性格不相投，但妈妈并未放弃这个打算。将来小李见了罗厚准以为姚姐姐给她介绍的是自己的未婚夫呢。她得趁早跟小李说说明白。

下周到学校之后，姚宓对小李说："我要给你介绍一个男朋友，可以吗？"

小李急忙说:"不行,我还小,爸爸妈妈早说过,'进了大学可不许交男朋友,好好念书。'"

姚宓说:"不过认识认识,不是谈情说爱的,决不妨碍你学习。这个人,我家都看作我的未婚夫。可是我决计不会嫁给他的。"

小李调皮地说:"姚姐姐心上有一个人了。"

姚宓说:"对,可是我和他只是纯粹的朋友。我要给你介绍一个非常合适的朋友。这句话,你记在心上就行。我妈妈和陆家目前都想垄断我的婚姻呢。"

这个星期日上午,许彦成来拜访姚太太,知道了姚太太要请客,就说:"伯母,我就走了。"

姚太太说:"你是我多年的老朋友,阿宓说,李先生称赞你有学问、有见识。你该帮我招待客人。"

但许彦成还是客气地辞谢了。

陆家舅舅连最高学府的中文系主任都没听说过,

可见李先生在学校多么低调。李先生一家由陆家的汽车接来了。一家人都很朴素，小李和平时一模一样，并没有打扮，只李太太穿得比较考究。

罗厚在门口接见了客人，把他们让到客厅里。小李见过了一位陆伯伯、一位陆伯母、一位姚伯母，没有和罗厚招呼。她悄悄地问姚宓："那一位，我怎么称呼？我总不能叫他罗厚同志呀。"

姚宓笑说："叫他猴儿哥。他小名就叫猴儿。"

"姚姐姐，我该叫罗哥哥吧？"

"骡子比猴儿更是畜生。"姚宓想了想，"他是齐天大圣弼马温，叫他温哥哥吧。"

小李低声说了两遍"温哥"，觉得很顺口。

姚宓叫罗厚过来给他介绍说："这位是我的新朋友小李。你叫她李妹妹。你是齐天大圣弼马温，这名字太长，就叫温哥哥，怎么样？"

罗厚笑嘻嘻地叫了一声"李妹妹"，小李笑着叫了一声"温哥哥",声音小得都听不见。姚宓看到罗厚对小李很喜欢,小李对温哥哥很仰慕。

姚太太看到这个大酒窝姑娘,酒窝里填满了甜软的笑,喜欢得搂在怀里说:"这孩子太可爱了,认我做干妈吧!李师母,我的阿宓太一本正经,我不要她了。"

姚太太是何等聪明的人,她见了女儿这个小友,立刻完全明白了女儿的心意。她是要为罗厚找个对象,摆脱她自己。

李师母笑说:"我这个没头没脑的傻孩子,姚伯母不嫌弃啊?我正羡慕姚姐姐又有学问,又有头脑,咱们交换,让我也认个干女儿吧!"

姚宓笑着过去挨在李师母身边,和她贴贴脸,表示亲热。

陆舅妈高兴说:"认干亲是要送大礼的。"

姚太太说:"我们是交换,一切俗礼全都免了!我是光棍无赖,舅妈休想从中取利!"

大家都哈哈笑。这天宾主尽欢而散。李家仍由陆家的汽车送回家。

第 七 章

　　姚宓注意到李家的房子虽然比她们家的好，却不像陆家有那么大的花园。李家四邻都是相仿而较小的四合院，李家杂在中间也不惹眼，只显得比别家旧。她想：这么大的房子原先准有个大花园。她第一次到李家是大白天，所以当时就注意到了。她想起小李的话，猜想花园准是归公了。

　　她到校问小李。小李说："可不是吗！那时候地租很贵，实在交不起，只好归公了。我已经记事了，我家前前后后的房子,都是后来盖起来的。盖房子真闹人,近两年才安静下来。姚姐姐,你怎么什么都知道?"

"我家从前有一所两进深的四合院,虽然房子没你家的大,后面也有个花园。"

她接下说:"陆家有个很大的花园,不知原先是什么人家的。哪天我带你到花园去玩玩。下星期六,我叫你的温哥哥来接你,好不好?我妈妈想你呢!"

小李很高兴,她笑着说:"我也想我的干妈,你干妈也想你呢!"

据陆家司机说:他那天接送李先生一家,走了冤枉路。陆家的汽车特大,只好规规矩矩走大道,其实他们两家并不远,坐十六路公交车,至多六七站路,而且下车不用走几步路就到家了。

姚宓听了这话,拿定主意,再也不用陆家的汽车了,太招摇。她邀小李到她家玩,就请罗厚送李妹妹回去。

李先生在姚家宴会时注意到这个"敬陪末座"的青年人气度不凡,对他颇有兴趣。他猜想这人是姚宓的未婚夫,想亲自问问。所以他请罗厚到他家吃晚饭。他说:"只是便饭,别客气。"

罗厚下次送李妹妹回去,就在李家便饭了。李先生问他哪儿工作,他说,在外国语学院,毕业后留校当助教,现在是讲师。

李师母问起从前文学研究社的事,罗厚讲了朱千里"洗澡"的故事,逗得人人大笑。

客人走了,李先生对老伴说:"这孩子不俗。"

李太太更有兴趣,因为做妈妈的比较敏感,觉得女儿很崇拜他。她问女儿:"温哥哥是不是姚姐姐的未婚夫?"

小李不敢告诉妈妈,姚姐姐特地为她介绍温哥哥做朋友的,她只讲了温哥哥从前怎么保护姚姐姐,怎么和流氓打架的事。小李的爸爸妈妈觉得这个年轻人很侠义，对他更器重了。

小李说:"姚姐姐只把他当亲哥哥，亲哥哥怎么能做未婚夫呢！反正她怎么也不嫁给他的。"她附着妈妈的耳朵说:"告诉妈妈一个秘密，只有我知道的秘密。姚姐姐心上有一个人。"李太太听了这话，心上踏实了。她说:"放心，除了爸爸，我不会告诉别人。"她也附着李先生的耳朵，说了这个秘密。他们心上都踏实了。

第 八 章

姚宓拿定主意,她决不能让妈妈知道她和许先生天天在书库见面,也决不让许先生和她说话,因为保不定会有人看见。她妈妈只知道女儿在图书馆工作,图书馆的规模她也不全知道。李先生家藏书丰富,不用借图书馆的。至于杜丽琳,她是从不跑图书馆的,姚宓尽可放心。

一年以后,姚宓进修期满,又回到原先的博文图书馆。博文图书馆已并入市图书馆。市图书馆等待编目的书，一批又一批地送来。姚宓工作努力，效率特高，市图书馆为她评定的工资相当高，而且市图书馆离她家不远。她清早喝一杯鲜奶就赶去上班。中午吃食堂。五点下班。工作虽忙，她不像教师得准备功课，也不像图书馆其他员工，假期特忙，不得休息。她只在书库里编书目。当初博文图书馆馆长照顾她，星期六只上半天班。市图书馆照样照顾她，星期六也只上半天班。

姚宓回家后，可以读书到夜深。她夜夜还是抱着妈妈的病脚同睡一床。姚太太和陆家合伙，陆家只收她四分之一的伙食费，和自己家开伙相差无几。姚太太这两年开始有富余的钱让女儿买一双新鞋，或添一件新衣服之类。姚宓的古董衣服，料子原是上好的，配上新式点缀，让姚宓显得更年轻了。她在同事中交了些新朋友，也更活泼了。每星期六，她照旧和小李家来往。每星期天上午，许彦成总来看望姚伯母，当然也和姚宓相见。姚宓见了许先生，照常总那么淡淡的。

第 九 章

这年春分前后,许彦成忽得他伯父来电报,通知侄儿:妈妈病危。许彦成和杜丽琳忙向学校请假回天津。但是他们赶到天津,许彦成的妈妈已经走了。据他伯母说,他妈妈的胃癌加重,自己觉得不好,说肚里胀痛,只怕不行了,趁早叫彦成和丽琳回来见个面。想不到她去得很快,昨天晚上就去世了。

许彦成很伤心,觉得自己一辈子对不起妈妈,无法叫她称心,连她临终想见他一面,他也未能让她如愿。他大伯母安慰他说：去得快是她的福气。彦成还是很伤感。

杜丽琳想带女儿同回北京，小丽却连爸爸妈妈都不认了。她已经上幼儿园，只和姑姑好，对爸爸妈妈只像陌路人。她衣服很整洁，相貌也不错。许彦成说："这孩子像谁呀？"

他伯母说："就像你的父亲。"

许彦成是遗腹子，当然不知道父亲的相貌。他这位古怪的妈妈，不知出于什么迷信，连照片也没有留下一张。

杜丽琳不能哄女儿跟她回北京，痛哭了一场。

许彦成的伯父原是开诊所的，解放后，私家诊所取消了。伯父当了本地区医院的内科主任，每天忙得吃饭也没工夫，只好大口吞。幸亏晚上能回来休息，医院有值夜班的大夫。他这天老晚才到家，见到了彦成夫妇，他们好久没见面了。这晚上，他们一同商量怎么为彦成的妈妈办后事。老太太曾经对哥嫂说,留骨灰是骗人的,只给一点点,叫人家死了也不得全尸。埋在坟墓里呢,旁边坟里都是死人,死人都变了鬼了。她怕鬼,所以宁愿不留骨灰,她就干脆什么都没有了。许家就按照她的遗愿,办了她的后事。

杜丽琳有一枚陪嫁的钻戒,曾交许伯母保管。她这次回天津,就问许伯母讨还这枚钻戒。许伯母忙取出这枚钻戒还给丽琳。她对丽琳说:"这么大的钻石不多见的。"许伯母觉得带着钻戒上火车太惹眼,特为她细针密线缝在内衣口袋里。杜丽琳回北京后,也不敢放在那个没有关栏的宿舍里,只好缝一只小口袋,系上带子,挂在身上。她的钻戒一直是这么挂在身上的。直到后来再婚做新娘,才戴在手上。

杜丽琳失去了一个女儿。许彦成的妈妈虽然不喜欢他,他还是觉得失去了妈妈。两人都含悲回学校。

第二部

第 一 章

一九五七年早春,全国都在响应号召,大鸣大放,帮助党整风。陆舅舅很起劲,他对姚宓说:"阿宓啊,你瞧着吧,学生都动起来了,要上街了!"

姚太太和王正、马任之是很要好的。王正、马任之都亲耳听到党关于"敞开思想,大鸣大放"的动员报告,但他们是很理性的人,有他们自己的认识。他们来看姚太太,和姚太太交换过对整风运动的个人意见。姚太太和女儿私下讨论,姚宓说:"我不是党员,不用太积极，只求'安居中游'。不过，中游也不稳当，最好少发言，只说自己'觉悟不高'，'认识不足'，总比多说话稳当。"

陆舅舅一度很兴奋，很热衷，觉着这是国家大事。

姚宓不敢把王正、马任之他们的意思说出来，可是爱护舅舅，还是劝了一句："舅舅，说话小心啊！"

陆舅舅说："你小孩子家懂什么，这可是国家大事啊！"姚宓就没再多说。

陆舅舅没想到早春天气，阴晴不定，第二天醒来，风向突转，气候大变。他的鸣放言论，让他犯了大错，受到猛批。他吓得不能睡，饭也吃不下，他病了。

姚太太有个庶出的妹妹，嫁在陈家，是姚宓的陈姨妈。她丈夫去世后，因媳妇不贤，她想投奔北京的姐姐。她从天津写信来问是否能留她住下。

陈姨妈来了，住下了。她不如姐姐美，身材高高的，很俊俏。脾气性格和姐姐很相像。她和姐姐一样，很沉静，也很有主意，不过她特能干。姚太太是家里的宝贝，她一点儿不能干。

陈姨夫性情狷介，以前因为姚家阔，不愿攀附，所以姊妹也疏远了。这次姐妹暮年相见，都不免伤感，姚家老一辈的亲人，只有她们姐妹俩了。现在姚太太已经瘫痪，走路得拄着拐杖了；陈姨妈呢，相依为命的丈夫去世了。姊妹俩紧紧握着手，都凄然泪下。姚宓在旁想起自己父母双全时的情景，也不免泪下。

陈姨妈第一次来姐姐家，略显身手，做了几个好菜。陆舅舅已病了两天，顿顿稀饭咸菜，不免害了馋痨，吃到可口的好菜，便放怀大吃，一下子吃得过饱，半夜起床，中风倒地了。

他是个大胖子，瘦弱的陆舅妈扶不动他，只好去找罗厚，叫他帮着扶扶倒地的舅舅。

陆舅舅实在太胖了，扶不动，而且脸色已经变了。

他瞪着两眼，伸着一个指头，不知指着什么东西，好像想说什么话，却一命呜呼了。

罗厚急了，说："咱们找姚伯母吧。"

陆舅妈说："胡闹！她是中过风的。咱们千万不能找她，瞒她还怕来不及呢。"

陆舅妈向来是不动脑筋的，这时急了，忙想了想说："我想起一个人来了。你陈姨妈不是老伴儿去世不久吗，咱们这会儿守着舅舅，明天一早，我悄悄地过去问问陈姨妈。"

陆家和姚家距离相当远。陆家住在花园深处，姚家却住在近门口处。罗厚没见过死人，陆舅舅面貌也实在可怕。罗厚和陆舅妈都觉得害怕，亮着灯在外间坐了一夜。第二天早上，罗厚告诉舅妈："待在这屋里怪害怕的，让我过去找陈姨妈吧。"

罗厚跑到姚家，姚宓还没醒，姚太太还没起来，陈姨妈倒是起来了，正在洗脸漱口。她看见罗厚探头探脑,轻声问:"找阿宓吗? 她还没醒呢。"

罗厚说:"陈姨妈,我舅舅不好了。"

"怎么不好?"

"我舅舅死了。"

姚太太耳朵特聪,在里间听见了。她很镇定,忙起来问罗厚:"舅舅怎么了?"

罗厚哭着说:"他走了,我怕吓坏了姚伯母。"

"舅妈呢?"

"她一人在家守着我舅舅呢。舅妈让我过来问问现在我们该怎么办?"

陈姨妈说:"你得先找街道红医站验看遗体,开死亡证明,然后到派出所在户口簿上注销你舅舅的名字,才能火化。他属什么单位,请他们来个人,帮着料理后事。"

姚太太一点儿经验都没有,因为她自己是中风。

罗厚急忙打了电话,通知了民主同盟。

姚宓已经起来了。姚太太由女儿扶着同到陆家去。陈姨妈也要过去,姚太太说:"你是刚来的客人,我们都要对遗体叩头行礼的,陆舅舅不能受你的礼,你只能算一个吊丧的客人,况且你刚下火车,该休息一下,你在这儿看家吧。"陈姨妈觉得姐姐说的不错,就留在姚家休息。

民盟机关反右斗争正在火热进行,接到电话后,答应派人来帮着料理后事。陆舅舅是犯有严重错误在受批判的对象,所以丧事从简,一切低调处理。

姚宓母女和过来报丧的罗厚,一起到陆家,会合了陆舅妈。姚太太对陆舅妈、罗厚和姚宓等说:"单位上照例要问'家属有什么要求',咱们自己识趣吧,咱们还能提出什么要求呀!还有谁给他开追悼会吗!咱们就说:'什么要求都没有,骨灰也不留。'我记得陆舅舅说着玩儿说过,他不留骨灰。陆舅妈也记得。"

姚太太又说:"咱们家里人,磕三个头送送就完了。"

大家同向陆舅舅的遗体告别，磕了三个头。沈妈也跟了去的，她在两位太太、姚宓、罗厚等一一行礼之后，也跪下叩了三个头。

民主同盟的人很快就来了。陆舅妈把姚太太教她的一套话，结结巴巴地照说了一遍。姚太太姊妹也过来陪着招待单位派来的人。

民主同盟的办事人员很干练，很快就和有关各方交涉妥帖，为陆家雇了一辆运送遗体的车，付了焚化费。

陆舅舅由陆舅妈和罗厚给穿着得整整齐齐，装入纸棺，抬上运纸棺的车，送往火葬场。罗厚骑了车含泪陪着运送遗体的车同到火葬场。然后又飞快地骑车回家，找出陆舅舅最漂亮的照片给加急放大了，配上镜框，由家人帮着布置了灵堂。

不可一世的陆舅舅就这样走了，从此走了，去了，没有了。

姚太太对阿宓说:"咱们原先是两家同桌吃饭的,现在陆家只剩下陆舅妈和罗厚了;那边已布置了灵堂,咱们过去吃饭合适吗?"

姚宓说:"妈妈的意思我明白,咱们得请他们两个到咱们这边来。"

姚太太说:"我就是这么想。"

陆舅妈和罗厚到姚家来同吃了晚饭。晚饭以后,罗厚老实不客气说:"姚伯母,我不敢回那边去了,怎么办?"

陆舅妈虽然没说话,她也不敢回去了。

姚宓说:"咱们得请他们两个到咱们这边来吧?"

姚太太说:"我就是这么想。"紧接着,姚太太又说:"陆舅妈和罗厚干脆搬我们这边来同住,两家并作一家。"

姚宓说:"妈妈的主意真不错!"

陆舅妈和罗厚巴不得搬过来同住。当夜陆舅妈借了一条薄被，在姚太太的榻上睡了一宿。罗厚要了一条夹被，脱了鞋，就连着衣服睡在姚家客厅里的长沙发上。

第二天，他和陆舅妈大白天不那么害怕了，两人过去把日常需要的东西收拾收拾，请沈妈帮着一件一件搬过来。陈姨妈特能干，她使唤门房帮忙，帮着打扫屋子，准备陆家搬过来。

第 二 章

陆舅舅去世后，原单位派来的服务员全撤走了。陆家花园，没人收拾了。

姚太太、陆舅妈、陈姨妈、沈妈几个女眷住在偌大一座宅院里。日子久了，打开花园门一看，只见一片荒芜。沈妈伺候几位老太太吃饭，睡觉，够忙的。她每天一早出门买菜，晚上独自一人到大门口锁门，只觉得汗毛凛凛，怪害怕。姚太太嘴上不说，心上也觉着悲凉犯怵。原先茂盛漂亮的陆家花园已成了一个荒园。几位老太太要等姚宓、罗厚回家才稍稍感到些生机。可是姚宓住在学校里,杜先生反右挨批下乡劳动改造去了,罗厚陪许先生也住在学校宿舍里呢,他俩周末才回家。

姚太太是个有主意的人,凡事采取主动。她知道陆舅舅单位早晚会收回陆家花园,顶多给陆舅妈安置个小住处。姚太太打算早些搬入她家的老四合院,免得临时手忙脚乱。只是她那宅四合院,多年不住人,得好好收拾一番,才能搬进去住。于是又让姚宓去与马任之夫妇商量,向他们求助。

马任之和王正向来与姚太太母女很亲密,每有什么政治运动,马任之总叫王正过来跟她们母女打招呼,叫她们小心,别犯错误。他俩是负责文教工作的领导干部,学校归文教部门主管。

王正最近告诉姚伯母和姚宓,最高学府有些事没做对，说："我问过党委有关负责人，杜丽琳一向紧跟领导，发言最正确，怎么会发右派言论？那位负责人说，她开会的时候说，她'同意方才那位同志的话'。我问：'杜丽琳自己说了什么呢？她同意大右派的言论，就是小右派吗？既然和大右派的言论相同，就该是大右派啊。'那位负责人说：'她结结巴巴，学舌也不会，只说"听党的号召，响应号召，大鸣大放"。'我说：'她的右派言论呢？听党的话，没错呀！'可是那位领导只呆着脸。我想杜丽琳是凑数弄上去的，每个单位都有划右派的指标呀！我知道这位负责人得保全自己的面子，我也得顾全他的面子。我就笑笑说：'谁叫她说错了话呢。错误既不严重，就对她从轻发落吧。'另外一个是政治经济系的叶丹。他不懂马列主义，他教政治经济学，肯定出毛病。可是上课说错了话，并不等于就是右派言论呀。还有历史系一个刘先生，也是讲课说错了话，也没有右派言论。他们三个同在一个地方劳动改造，都调回来了。"

王正接着说："伯母，我对您是推心置腹的。我和任之当年在地下活动，全靠姚伯母和姚宓的掩护。白色恐怖最严重的时候，任之撤退了。我和几个地下党员还照常在文学社工作。伯母，您是我们地下党的大恩人呀。姚謇先生是阔公子，人家说他把家产都败光了。其实还不都是支援了地下党活动嘛。他是对新中国的建立有功的。"

王正又感叹说："哎，生活在不断革命的时代，日子过得真快，一场斗争刚完，接着又是一场。任之和我满心想为伯母和姚宓做点什么，报答一下您一家人的恩情，却始终没能实行。现在你们那个陆家花园已被很体面的大人物看中了，你们可能也住不下去了。我们很高兴能为姚伯母整理一下四合院，帮助搬个家，让我们尽尽心意。"她提议这个周末就与任之陪姚宓同去看看那所四合院，不知房子多年不住人，荒成什么样儿了。

星期六下午，姚宓问妈妈要了大门的钥匙，和马任之夫妇、罗厚同去看姚家的四合院。大门是锁得好好的，锁上连尘土都没有，大约是每晚巡逻的人顺手拂拭干净了。开门一看，只见落叶遍地，杂草丛生，院子里的几棵树倒还好好的，只是多年没有修剪，都长得没样式了。

罗厚、姚宓和王正一群人说着话一同进去看房子。王正说："这棵枣树高得惹眼了，得截去一截，丁香、海棠多年没有修剪，枝叶乱长，不成模样了。围墙太矮，不安全，得加高，再围上铁丝网。后园里那口沤肥的大瓮头，还在原处，篱笆歪斜了，没倒，扶扶直就行。"他们看到篱笆上结得满满的丝瓜、扁豆，沿墙种的南瓜、老玉米，还有几畦菜，都枯死了。

王正叹了一口气又说："真还得感谢你们那位陆舅

舅,总算把这个四合院买回来了。"罗厚想到了他死去的舅舅,也黯然泪下。大家都很感慨。

王正说:"修理房子的事交给我和任之吧。这事由我们去办,房子收拾好了,我们也会找人来帮你们搬家。"

他们出门,又锁上大门,王正把钥匙放在自己的手提包里。

姚宓家的四合院,就交由王正、马任之派人去收拾了。王正带着马任之的办事人员,加高了围墙,又围上可以通电的铁丝网。房子还是好好的,因为油漆并未剥落,只是蒙上了一层尘土,因此不用修缮。他们已经吩咐办事人员打扫了一下,现在可以住人了。

约莫过了二十来天,就有人来为姚家安上电话。王正通知姚家准备搬家,并且已经叫大卡车到陆家花园去帮姚家、陆家一同搬回四合院了。王正对姚太太说:"你家那四合院,都收拾妥当了,四合院大门上的钥匙交给帮你们搬家的老王了。好在房子没有油漆味儿,因为原来的漆并没褪色,洗刷一下就焕然一新。还有什么不满意的地方,吩咐老王就行。搬完了,给我来个电话,我家电话号码问老王就知道。"

罗厚早把卖家具的钱交给姚伯母,又把陆舅妈没用的衣服全卖了钱。他把陆舅舅的家当一一整理,发现有一只箱子里藏个存折,打开一看,好大一笔钱呢。陆舅妈说:"钱的事我从来不管,交给姚伯母吧。"

姚太太打开一看,果真是好大一笔钱。她叫罗厚到银行去开个长期存折,把以前的和以后的利息都存上,她说:"陆舅妈无儿无女,这笔钱就是她的养老金了。"她把陆舅妈的存折收入她的首饰盒里,和她珍贵的东西放在一处。

正值秋风送爽的好天气,姚太太说:"咱们还等什么黄道吉日吗,房子既然可以住人了,咱们就搬家吧。"罗厚干脆请了两天假,许彦成不能干,姚太太只叫他随陈姨妈同到四合院去，听陈姨妈使唤。姚宓倒相当能干，姚太太带了姚宓和陆舅妈同到陆家花园去看看有多少东西要搬入四合院的。

陆舅妈跟着姚太太过日子，很称心愉快。这回临走不禁哽哽咽咽地哭了。姚太太也很感慨，姚宓也很伤心。他们只搬走一张陆家的大床，因为这张床特考究，床头床尾都有安放东西的地方。她们等大卡车搬走了大床，拣了些零碎物品和陆舅妈经常使用的缝纫机，另雇了一辆车回四合院。

许彦成觉得四合院里全是女眷，如果单留罗厚陪伴，他自己一人也没着落，所以他和罗厚就住在四合院里做义务男仆。他们有陈姨妈和罗厚做饭，沈妈买菜。他和罗厚同住在外面一进，和姚家一处吃饭。

他看到姚宓安静地和妈妈一起生活，阿宓近在咫尺，又远在天边。

第 三 章

　　姚家搬回四合院，姚太太不免触景生情，引发出对以往生活的回忆。姚太太曾对女儿说："阿宓，你记得吗？咱们从前家里用三个男佣人，三个女的。男的只两个住咱们家，一个就是厨子，一个是看门的，另一个北京有家，每晚回家；女的呢，一个沈妈，每晚睡在我床后，有什么要茶要水的事，可以叫她。现在只剩下沈妈一人了，唉……"母女俩一想起姚謇先生去世后那段孤寂无助的日子，就黯然神伤，悲叹不已；

如今幸得家中有陆舅妈、罗厚同住，能互相照应，心上宽慰许多。

这位同住家中的陆舅妈，有一次，无意中听到姚太太对女儿说："阿㲍，你是不是太劳累了，睡着了直踢被子，我盖上你又踢开，害得我睡觉也不得安宁。"陆舅妈听在心里，就请教了阿㲍每晚临睡怎么为妈妈按摩。其实那是很简单的，她学会了，就对姚太太说："阿㲍白天劳累，让我抱着你的脚睡可以吗？我一个人睡怪害怕的，睡都睡不着，现在我也会按摩了，让我睡你的脚头，让姚妹妹一个人睡。我挨着你，我也睡得安稳。"她从此就和姚太太一床睡了。

姚太太不愿意自己的合婚床上睡个陆舅妈。她和陆舅妈同睡的是陆舅舅、舅妈的合婚床。那是一张非常考究的床，床头床脚都能安放有用的东西。床头呢，热水瓶、杯子，或有什么半夜要填肚子的点心之类，放在床头，不怕翻倒或滚落地下。床尾呢，脱下的衣裤或可以减的被子，都放得妥帖。这张床，因为考究，没有留在原处由罗厚出卖，却随着其他家具，一起搬入四合院了。

姚太太原有一张笨重的榻床，家里来了女客往往在这个榻上睡。姚宓自此每次由学校回家，就和陈姨妈同睡这个榻上，也不再睡姚太太房里了。

第 四 章

杜丽琳不幸划为右派，立即工资降了三级，限期下放劳动改造。她家阿姨，都看在眼里，不等东家辞她，她自己辞了东家。杜丽琳送了她两个月的工资。

杜丽琳心境不好，嘀嘀咕咕，嫌彦成不能干，她自己亲自出去置备行装。她买了六双棉纱袜子，三双黑，三双白；又买了两双帆布面的胶底鞋，好走路；又买两双方头"懒汉鞋"，早晚穿。她收拾了一堆旧衣服，厚的薄的都有，出发前夕，塞在一只可以上锁的铺盖袋里，叫彦成卷作一卷，扛着方便。

那天晚上，杜丽琳蒙着头哭了一夜，哭得床都震动了。许彦成的床和她的床是并排着放的，当然也一起震动。许彦成陪着她一夜没睡。天蒙蒙亮了，彦成推她说："丽琳，别哭了，哭红了眼睛，给人家看出来，不好意思。"不料她眼睛却不肿，原来她的眼睛是哭不肿的。可见她往常哭了，许彦成却不知道。

丽琳把脖子上挂的那只钻戒，脱下套在许彦成的脖子上，她说："这只钻戒给你留个纪念吧。我这一去，死活不知，如果能活着回来，咱俩再做夫妻，我死了呢，就送给姚宓吧。说句平心话，她是个厚道的人，宁可自己伤心也不愿伤害我。"

彦成就把脖子上的钻戒塞进内衣。他深情地搂着丽琳，在她额上亲了一下说："丽琳，你放心，我绝不乘人之危，绝不抛弃你。只是你得吃苦了，希望你好好当心自己，早回家。"

杜丽琳特别伤心，因为彦成的拥抱从没有像这次的温暖。她是一个爱面子的人，拭去眼泪，赶忙收拾了行李，和同伙到安徽和河南接壤处一个贫穷地带去劳动改造。许彦成扛着铺盖卷送行。人人觉得他们俩是标准的恩爱夫妻呢。

许彦成见了姚太太，把钻戒交给她说："这是丽琳托我保管的，我不会保管，交给伯母行吗？"他把丽琳感谢姚宓的话告诉了姚伯母，叹气说："这个杜丽琳啊，就是好出风头，爱跟风。当时伯母警告我们的话，我能告诉她吗？"

姚宓听了杜丽琳的"平心话"，很是感动，她噙着泪没说什么。姚太太收下了许彦成交给她的钻戒，对杜丽琳很是同情。

杜丽琳一群右派，随带队的人来到皖北一个荒僻的山村落户，初下乡就遇上了闹心事。那里家家墙上都画着大大的白圈。在行的人,就知道当地有狼。他们吃饭、住宿的两个席棚,又不在一处,大家心上寒凛凛地害怕。

有一个人发表了他的高见。他说:"一个村子也有好几户人家呢,狼是合群的。如果有狼群,早把村里人都吃光了,几个大白圈顶什么用呀!照我看,这里的狼只是失群的狼,准怕我们成群的人。咱们一群人也不少呢,寡不敌众,那一只两只失群的狼,咱们不用害怕,防着点就行。"

大家觉得这话有理,出了宿舍总结队同行。女同志都挨着壮硕而比较友好的男同志,指望他们保护。那时候,男同志还没有消瘦。一星期左右,女同志发现,女人比男人经得起折磨。她们胖的瘦的,都还如旧,胖的没瘦,瘦的也没有更瘦,男同志却开始消瘦了。也许男的劳动量比她们重吧。再往后,女同志也显得憔悴了。只有杜丽琳,虽然晒黑了些,还照样很美，因为她的劳动总是最轻的，带队的都偏护她。

很多人愿意走在她旁边保护她呢。她对这些人很少看得上眼的。有的两眼贼溜溜的，有的一双眼睛好像害了馋痨。她留心挑选，中意的只有两个人，一个比较壮硕，一个很文秀。文秀的就是那个断定村里没有狼群的人。他个子高些，比另一个瘦。他对杜丽琳最冷漠，好像对这位美人漠不关心。她常看见他捡起路上碎石块向远方投掷，好像在练什么本领。杜丽琳对这两人倒是很感兴趣。

天气渐热，这群劳改的知识分子连日连夜地盖房子，防失群的狼夜间把睡熟的人叼去吃掉。他们盖房子毫无经验，房子尽量盖得小，不至散架。先盖的是女宿舍，男宿舍就盖得大些了。女宿舍在西，男宿舍在东，中间有一段距离，防止男女之间出点什么事。

大家都穿上最风凉的薄衣服。

一次，丽琳中意的那个壮硕的男同志走在她旁边，他故意放慢脚步，落在一群人的最后面了。他站定了对丽琳说："瞧，夕阳西下，多美啊！城市里倒是看不见的。"

他们不敢走远。附近有一个比较隐蔽的地方，在女宿舍西边的大树下。那儿有块大石头，可以坐两三个人。那人带了杜丽琳去坐在石上。他忽在杜丽琳胸口摸了一把。杜丽琳立即反手重重地打了他一巴掌，飞快逃回宿舍。她自己都惊奇，"我怎会这么泼辣呀！"她也警惕地对自己说："黑地里男人会变相。看上去老实的人，黑地里会变流氓。"

第二天，那个吃了大巴掌的人照样对杜丽琳殷勤保护，昨夜的事好像不曾发生。杜丽琳仔细观察，看出那人一双眼神有点油滑，不像那个文秀的凝重。

杜丽琳存心要试验一下，那个文秀的人黑地里是否也会变相。她故意和那人走在最后，模仿昨天那人的话说："看，夕阳西下，城里是不多见的。"

那人说:"我早注意到了。乍一见,是很美,可这里太干燥,没有一点云彩,太阳一下,天就黑了,什么都看不见了。"

杜丽琳想把他领到那个隐蔽的大树下去坐坐。那人说:"那边不是好地方,说不定还会碰上失群的狼。"

他忽然很聪明地问:"你是不是去过了?"

丽琳撒谎说:"没去过。"

那人说:"那么我警告你,谁要带你去,你不要去,那人准是不怀好意。"他只送丽琳走近女宿舍,就急急回自己宿舍去了。

丽琳有许多话想问他,可是得另找机会了。这人叫叶丹,是本校政治经济系的教师。丽琳和他不熟,现在却心上念想着他。

有一天,丽琳看见叶丹捧着饭碗,在破席棚的一个风凉的角落里吃。丽琳走过去站在他旁边,悄悄地问:"叶丹,你结过婚吗?"

劳动队的同伙彼此之间表示亲密团结,只称名,不称姓,除非是单名。叶丹是单名。

叶丹说:"我没有,不过我有女朋友。"

"有许多吧?"

"只两个。"

"就没有第三个了?"

"没有了。"

"为什么呢?"

"第一个,不合我的理想,吹了。我又交了第二个,她也不合我的理想,也吹了。"

"还没找到第三个?"

"不找了。有过两次经验,懂事了。这种事,没意思。"

丽琳还想问,可是怕人注意,没敢多问。

他们俩没机会深谈,丽琳心上老在跟叶丹说话,老在想他。丽琳忽然明白,她是爱上叶丹了。她细细观察,同队来所有的人,数叶丹最聪明,人品亦好,是她最中意的人。她只恨自己是有夫之妇,不能追求他了。

她回想当年追求许彦成,只是为自己找个可以托付终身的丈夫,她从来没有为他魂思梦想。

同时,她也注意到,叶丹对她的淡漠是假装的。他常在偷偷儿看她。一个男人深情爱恋的目光,女人会感觉到的。她做大学生的时候,课堂上,如果觉得背后有人看她,就知道谁在看她。她从不敢回头,到下课时能看到后排的人,就知道自己感觉不错。不知道男人有没有这种敏感。她得小心。可是再想想,让他知道也好啊,单相思是很苦恼的。但是怎样才能让他知道呢?

有一天,叶丹忽然问丽琳:"你到了这里来,怎么没寄过家信?我妈已经给我来过四次信了。最近的信是八月中秋。"

丽琳到了这个劳改营,从没想念过许彦成,从未写过家信。他们这个劳动队允许每月写一次家信,但只限至亲。写信的时间很难得,不写家信的居半数。丽琳从没有写过家信。许彦成不知她的地址,怎能来信呢。丽琳经常感到自己的孤单。这时听了叶丹追问,不由得一阵心酸,眼泪簌簌地掉入饭碗。她没带手绢儿,只好用手背去抹。

叶丹是很聪明的人。心有灵犀一点通。丽琳爱他,他哪会不知道呢?可是丽琳对丈夫的情谊,他无从得知。下放那天,她丈夫不是扛着个大铺盖卷儿,提着其他行李,为她送行吗?丽琳是见异思迁吗?她觉得心上矛盾吗?她显然很痛苦。叶丹虽然不由自主地迷恋着丽琳,他却不愿拆散别人的家庭。如果他的猜想不错,就该及早退步抽身,他不是没人追的。

那天他看到丽琳簌簌落泪,当时他背着席棚,丽琳在他面前。她的眼泪，没有别人看见。他小声说："你赶快走吧，过一会儿人就多了。"

丽琳很听话，连泪吞下了剩饭。

叶丹说："丽琳，现在天越发长了，七点以后才天黑，你宿舍西头的大树底下，天黑了没人，今晚八点我在那儿等你。八点。"

丽琳点点头，急忙走了。

他们那儿五点晚饭。丽琳同屋共有三人。她们那间屋子是最先盖的，最简陋，也最小，铺板上至多挤三人。男宿舍里，一屋至少挤六七个人呢。同屋的以为美人就有优越感，拿架子。但丽琳向来会做人，一点没有架子，还顶会照顾人。所以三人过得很融洽。

那天晚饭以后，丽琳回屋，同屋两人已经回来了，坐在门口乘凉呢。丽琳和她们一起乘凉，到了七点半，丽琳说："天黑了，坐在门口危险，保不定会有狼来，咱们还是进屋去吧。"那两人同意，三人都进了屋，把门也关上。

丽琳忽然说:"不好,我闹肚子了,得出去拉野屎。"

同屋的人说:"能忍就忍吧,天黑了,野地里有狼。"

丽琳说:"不行,我忍不住了。"她拿了铺板底下藏着的棍子急急出门。

她赶到大树底下,叶丹也刚到。他们都准时。他们就在大树底下的大石头上坐下。

叶丹说:"我约你来,不是为了谈情说爱,我有要紧话问你。我们得把话缩得越短越好。这里很危险,如果给人知道了,咱们俩就永远不能见面了。"

丽琳点点头。

"我先问你,你和老伴儿感情很好吗?下乡那天,他不是扛着你的大铺盖卷儿送行吗?你是不是变心了?"

丽琳说:"他不过是可怜我罢了。他无情无义,我一片痴心地爱他,他只是嫌我。他有他的意中人。"

"那么,你应该和他离婚和我结婚。你愿意吗?"

"我不做女朋友。"

"当然,我现在好比跪着向你求婚。你答应了我,我就好比和你行了订婚礼,好比给你戴上了一个钻戒,从此你就是我的未婚妻了。你爱我吗?爱我,就说:'叶丹,我爱你。'"

丽琳说:"叶丹,我爱你。"

叶丹紧紧抱住她,吻了她一下。这一吻,直吻到她心窝深处了。她是结婚多年的女人,却从没有体会过这种情味。

他们忽然看见一双碧绿的眼睛在黑地里看着他俩,真的是狼来了。

叶丹拾起一块石头,向黑地里那只狼投掷去。那只狼哀号了几声。

叶丹说:"快!快!快逃回宿舍去。"

丽琳虽然给他吻得浑身酥软,却很听话,一溜烟似的奔回宿舍,推开了门。同屋的两人,正等着她呢。

见她神情异常，忙问："怎么了？狼来了？"

丽琳说："没什么，我害怕了。"她重重关上门，躺上铺去，一遍又一遍重温那一吻。

第二天，她见了叶丹，小声问："你没事吗？那只狼没在那等你吗？"

叶丹说："我也急忙逃回宿舍了。那只狼如果还等着我，我也没本领和它斗了。好在咱们要说的话都说完了。"

杜丽琳和叶丹私定终身之后没几天，主管他们劳动的头头，把丽琳、叶丹和同校一个历史系的刘先生叫到他办公的地方，对他们说："你们来了快半年了吧？你们的学校召你们回去了。这里没一个大右派，都要回原单位了。你们三个是第一拨。你们赶紧把该办的手续办妥，带了自己的东西回北京吧。"他们临走无意向同伙告别，只丽琳和同屋伙伴儿有交情，她找了一张纸，简略地转述了那个头头的话，还留下了她自己家的地址。

他们一群人，当初是学校用大卡车送上火车的。这会儿，带出来的行李一大堆，怎么办呢？

叶丹说："咱们那许多行李还带回去吗？我是不要了。"刘先生和杜丽琳也都表示不要了。可是主管他们劳动的头头叫他们带了自己的东西回北京。他们不敢违拗。三人各自把带来的行李扛在肩上，夹在夹肢窝里，提在手里，出了劳改营。他们居然雇到一辆黄包车，于是把东西都堆在车上，三人齐用力，帮车夫拉到火车站。他们不敢把大堆行李扔在车站，怕又退回，只好都结了票。他们这才轻松了，三人在车上各买了一碗汤面吃下，坐下打着盹，到了北京。他们互相商量，结票的行李，还带回去吗？杜丽琳是个当家的女人，她说，咱们既然千辛万苦带回北京了，就带回去吧，当破烂卖掉，也值几个钱呢。大家觉得有理，就准备把结票的行李领出来，各自带上各自的行李，乘黄包车回家。

在火车上，叶丹只怕刘先生看破他和杜丽琳的关系，就写了他家地址偷偷塞给丽琳。丽琳忙把叶丹的地址藏在手提包里。

车到北京，约莫是下午五点。三人一同下车，领了行李出站，正逢小雨。刘先生和叶丹城里有家，不住校。所以，三人就各乘黄包车，分路回家。

杜丽琳到校，正是黄昏时分，风凄雨寒，下课出校的学生不少。她一直把手提包遮着脑袋，没碰见认识的人。车夫一口气把车拉到许家门口，按了一下门铃，开门的是罗厚。他正在许彦成家陪伴独居的许先生呢。

杜丽琳问罗厚："许先生呢？"

"出去了。"

"你怎么在这儿？"

"是姚伯母叫我来陪伴许先生的。啊呀,我家出了许许多多事。陆舅舅去世了,他差点儿成了大右派。杜先生还记得姜敏、老河马吧?都是大右派,姜敏自杀了,老河马不知到了哪里去了。"

他看到杜丽琳疲倦的脸,很知趣地说:"咱们要谈的事太多了,您且歇歇,我给您做饭去。"他先给坐在沙发里的杜丽琳沏了茶,倒了一杯,端给她。

杜丽琳没有心情关心那几个不相干的人。她喝了几口茶说:"我不想吃什么饭和菜,我只想喝热烫烫的小米粥,喝满满三大碗。"

她深深吸了一口气,闭着眼说:"哎!我总算回家了!"

第 五 章

一天早上,许彦成接到李先生打到姚宓四合院转来的电话,说校内传说你夫人和一同下放的两位先生明天傍晚要回北京了,你是不是到车站去接接。许彦成想到杜丽琳临走时对他说的"重做夫妻",心里很不是滋味,苦着脸说:"姚伯母,我真不想去接她,叫罗厚替我去接接吧。"

姚宓耳朵和她妈妈一样聪,许彦成和妈妈说的话她都听见了。她接过话茬说:"许先生,你得把杜先生的钻戒还她呀，不然的话，她会以为咱们想私吞她的钻戒呢。"

许彦成一想不错，赶忙请姚伯母找出那枚钻戒，他带了一早赶回学校宿舍。他当初搬入四合院时，罗厚想得很周到，把宿舍屋子的窗户都开着一条缝，他说这样对房子和室内家具都有益。好在在校园里，不怕外贼撬窗。许彦成这时走进宿舍，室内果然没有一点儿尘土味儿。

他忙把窗户开了，一人草草收拾了一下。他把客房床上的被单撤下，抖了抖灰尘，反过来重又铺上，又把自己的被子和枕头都搬入客房，让杜丽琳独睡卧房。

中午，他到学校后门外的小饭馆去吃饭。他回校路上买了两个面包，睡了一个午觉，这午觉倒睡得相当熟。醒来后，又出去办了一趟事，回来就见到了已经吃饱喝足的杜丽琳。

许彦成把塞在裤兜里那枚系着带子的钻戒往杜丽

琳的脖子上一套,对她说:"你的钻戒,快收好吧。丽琳,你怎么不写封信来告诉一声?"

他挨着杜丽琳,坐在她身边。她是刚下火车的人,身上又脏又臭,他不愿碰她。

杜丽琳对他看了半天,立即起身,坐得更远些,把她在火车上想好的话,一口气说了出来。她说:"许先生,请你解放了我,你有你的意中人,我也有我的意中人,我和你从此分手吧。"

许彦成心里快活,他抑制了自己,客客气气地说:"你的意中人是叶丹吧!"因为送行那天,看见这位帅哥和杜丽琳在卡车上坐在一处。

杜丽琳点点头,鄙夷地看着许彦成。

许彦成说:"我明天就走,让出这屋子给你将来和叶丹同住。"

杜丽琳说:"谢谢你,不过眼下不行,叶丹和我还有刘先生都还得监督劳动呢。况且我和你还没有离婚,咱们先得把离婚手续办了。"

许彦成知道丽琳不会做饭,所以照旧到经常吃饭的小饭馆去吃,然后又买两份饭,装在他自己带去的饭盒里,让傍晚回家的杜丽琳和叶丹煮煮热再吃。这样,他在学校宿舍又住了一段时日。

第 六 章

许彦成正要回四合院那天,罗厚忽然来了。彦成把他的喜讯告诉了罗厚,罗厚"嘣"一下坐在沙发里,又拍手,又跺脚,高兴得不知怎么好。许彦成说:"你来得正好,告诉你吧,我已经和杜丽琳办了离婚手续。"罗厚为许老师的最终解脱出了一口气。接下他说:"许先生可知道我怎么会来的?"

他看着许彦成的脸说:"陈姨妈家的儿子,新娶了一个贤惠娘子,两口子又搬了新房子。这儿子惦着妈妈，又怕妈妈赌气不肯回去，所以亲自来接了。我和沈妈跟陈姨妈最要好，都舍不得她走。可是那个贤惠媳妇说车票都买好了，明天下午的车。他们明天下午就走。我想，远客既然只住一宿，不用再动用干净的床被了。我体谅陆舅妈，同时也和许先生几日不见，很想你了。我说出城去看看许老师，两位远客就委屈住我和许先生的床吧。这样我就买了点许先生爱吃的鱼虾之类出城，也是乘机来看看许先生。"

他看着眼前的床位说："啊呀，都没我睡觉的地方了，客房让了你了，我得睡你的书桌上了，你只要把客房里的被子分一条给我，我半垫半盖就行。"

他一面就把他的新闻，一一讲给许彦成听。

罗厚说："朱千里娶了一个悍妇很运气。她厉害得很，谁来动员朱千里鸣放，她都赶出去。她说：'你们倒好，又来害人了！我们先生的死活，你们就不顾了吗？不只苦了我啊！'朱千里只好一声不响，躲在家里，倒由此免了一场大祸。他要是鸣放，肯定放成大右派！"

许彦成听了也开怀大笑。罗厚就用他带来的海鲜为许彦成做了一餐好晚餐。他经常帮陈姨妈做饭炒菜，手艺也不输陈姨妈了。他帮许彦成做晚餐时，许彦成也帮了他一手。他们吃了一餐好晚饭，留了些饭菜给杜丽琳和叶丹。

这天晚上，罗厚细细形容了来四合院的远客，告诉许彦成说："你能想象吗，那陈姨妈的儿子，形貌很像姚宓的亲兄弟，怪不得一个一个女人都愿嫁他呢！不过他一副精明相，和姚宓一点也不像。姚太太大约也注意到了，只管看他。陈姨妈家和姚太太家从来没有来往。我和他们非亲非故，何必夹在里面呢。陈姨妈叫我为她存的钱，我拿出来交还了她，请她点收。她来了姚家，没花过一文钱，你就知道姚太太对穷妹妹多么体贴周到。其实姚家后来并不如陈家阔了。"

许彦成当然知道,他只点点头说:"姚太太气派大,自己俭省,待人却从不小气。"

罗厚对许彦成说:"对呀,咱俩不是住在她家,吃在她家吗?她肯受咱们的钱吗?她那副气派,叫我口都不敢开。我舅妈是她养活的人,舅妈的钱,她不是都为她保管着,作为她的养老金吗?我舅妈只觉得有靠了。"许彦成笑着说:"我将来是姚家倒插门女婿,你是李家倒插门女婿;李家阔,不会要你费力,我可负担着姚家的生活呢,姚宓是最孝顺的好女儿。"

他们在厨下洗了碗碟,杜丽琳和叶丹就回来了。

第七章

罗厚涎皮赖脸地招呼了杜老师,问叶丹:"你们两位准备坐在饭厅里吃,还是就像我们站在厨房里吃呀?"杜丽琳说:"我们在图书馆里搬书,整理书架子,累得腰酸背折。我们俩把你们留下的好菜分了,坐在沙发里吃多舒服呀!"

罗厚对杜丽琳和叶丹说:"我们都担心你们下放要吃苦了,谁知道你们是去谈情说爱的,一个找到了如意郎君,一个找到了心爱的美人。"

杜丽琳马上接话说:"你们哪里知道我们这群倒霉蛋过的是什么日子,半死半活的天天受罪。说一句没良心的话,我们干脆死了,倒也不知不觉。人家还以为我们多浪漫呢,劳改劳改,倒是去谈情说爱了!"

许彦成问叶丹:"你爸爸是经济学院的主任吗?"

叶丹笑着说:"我爸爸不是主任,不过是穷教授罢了。"

杜丽琳恨恨地说:"我早打定主意了。我们俩要是留得性命回北京,再也不做倒霉的教书先生了。当然我们怕是也没有资格了。想当年,我做校花的时候,也是好一朵校花呀。做了教书先生,胭脂、粉都不敢用了。咳,现在竟变成犯人似的了。不过,即使是劳改犯,也有个刑满的日子,到我们劳动期满,我们就该滚蛋了,有什么脸做降了级的教书先生呀!我现在想想,从此我就隐姓埋名,哎,我当个大户人家的老妈子,多享福呀!"

叶丹说:"我也在想从此改行了,你当老妈子,我开饭馆,都能过日子。"

许彦成说:"别开什么饭馆,饭馆不是好开的,得和流氓、瘪三、混蛋打交道。我倒有个好主意,叫叶丹学照相,将来可以开个照相馆,把自己最美的照片摆出来做'招牌'。"

杜丽琳说:"照相是叶丹的专长,不用学。"

罗厚说:"太好了!你们开照相馆吧,你们两个照一张漂亮的结婚照,放在橱窗里。你们专给明星照相,也照名人,说不定还有领导人来照标准相呢!"

杜丽琳看看许彦成:"也给名教授照相。"

许彦成笑说:"我只是普普通通的教书先生,一辈子不会出名,只是个穷教师。我预祝你和叶丹发大财!"

罗厚想不到许先生会有这么妙的好主意。忙说:"杜先生,先把你那钻戒卖了做本钱,买一只假钻戒戴在手上,不比装在口袋里挂在脖子上强多了吗!"

叶丹拍手叫好,他说:"我们这样也能过日子,只求后半生两个人能够厮守在一起足矣。"

许彦成没说什么,心里却充满感激,从今以后自己也能和相爱的人终身相伴。

罗厚直在旁边拍手道喜。

叶丹随即把他们半饥半饱,求生不能、求死不得的苦况向他们诉说。他吃着饭说,这么好吃的饭,像是一辈子都没吃过!你们过着好日子,世上苦人多,我们算是尝到点滋味了!可怜我们从没有闲工夫想想从前的日子!做不完的工,吃不完的苦,想到将来,只是一片漆黑。可是我们只怕死,只求活下去,求生的本能真强。妙的是我们活得那么苦,没一个生病的,而且大家团结一致,因为我们有公敌——失群的狼。

杜丽琳叹了一大口气说:"穷人是穷惯的,我们却是忽然间从上面倒栽下去的,到现在头还没着地呢!"

叶丹说:"大约等我们两个结了婚,成了家……"

大家默然。许彦成说:"你们这会儿还觉得没有着地吗?"

杜丽琳说:"我伸了胳膊,在四面探索,想抓到许先生建议的照相馆。"四人坐在客厅里谈到夜深。

第二天早上,许彦成醒来,罗厚已经为他们做好早饭,许彦成和他同在厨房里吃了。罗厚说:"许先生啊,你是在伺候他们两个! 你伺候杜先生也罢了,她毕竟是你多年的老伴儿。那位帅哥,又凭什么受你伺候呢?"

许彦成笑说:"感谢他解放了我吧?"

罗厚说:"我可看不惯,他们的劳动没个完呢,你就老陪着他们? 陪到几时? 我舅妈正忙着布置新房呢,你难道要等着和他们一对儿一起结婚吗?"

许彦成说:"我不忍叫他们两个没饭吃呀。"

罗厚嘀咕说:"许先生啊,你就是心肠太好。杜先生欺负得你还不够吗? 你真是个扶不起的阿斗吗? 我这会儿就为他们找个阿姨,要求住在东家吃一顿晚饭,白天为家家干活的阿姨肯定有。"

他说着就出门去找邻家的阿姨,邻家阿姨说:"有,有,现成就有一个。我去叫她。"不一会儿,果然来了一个干干净净的林妈,她先看了自己的房间和厨房,都满意。罗厚就预付了半个月的工资,说明是伺候下乡劳改才回来的一对未婚夫妇。林妈把宿舍那间下房打开,看了被褥都干净。下房只有半墙高,透气的。她就要了一把大门的钥匙,罗厚吩咐她多买些小米儿,连带一天的小菜也让她随意买点回家。他把许先生的钥匙给了她。

他要和许先生一起回四合院。许彦成不肯,说要当面和杜丽琳、叶丹交代清楚,马上就回来。

罗厚说:"你留下一封信就行了。他们一对儿情人没准儿趁你不在,就睡一床去,你管他们的闲账!"

许彦成说:"别胡说,丽琳不过是俗气点儿,她不轻骨头，也不贱，别说这些胡话糟蹋她。"罗厚承认自己胡说了，他说，等许先生明天上午自己回去吧。

林妈洗了小米，煮了一大锅小米粥。就自己铺好了床，把带来的一包衣服，一件一件放在床前的矮柜子里。

杜丽琳和叶丹都回家了，他们问，罗厚呢？

许彦成说："罗厚为你们找了一个林妈，叫她为你们煮了一大锅小米儿粥，你们不是想吃三大碗小米粥吗？我不会洗米，只好叫你们帮我吃那又干又陈的面包。我也想喝小米粥了呢。"他介绍林妈见了杜丽琳和叶丹，彼此都表示满意。

许彦成说："已付了半个月的工资。"叶丹要还他，丽琳只说了声谢谢。彦成接着又说："明天一早上，我就走了，祝你们幸福快乐。"

许彦成就此和多年的老伴儿分手了。他临走利用学校热水方便洗了一个干净澡，好像把过去的事一股脑儿都冲洗掉了。

第 八 章

许彦成接到天津来的一封信。

信是许先生的伯父和伯母大人写来的。原来,许彦成和杜丽琳在婚姻登记处办了离婚手续,就给他家唯一健在的长辈大伯父母写信,禀告此事,并说他将和姚宓小姐结婚。

伯父恭喜侄儿终于甩掉了那个俗气美人。除了恭喜,还说为侄儿汇上一笔钱,不是贺仪而是侄儿的一份遗产。信是伯父亲笔。

信里还附有小丽的两张照片,照片上是小丽的近影。相貌活像许老师,和妈妈一点儿不像。小丽的照片用信纸包着,上面是许彦成伯父的附言,说孩子不愿称"小丽",姑姑为她改"许玉林",她也不愿意,因为玉林分明就是杜丽琳的"琳"字。她对妈妈一点情分都没有。

许伯父学历是正途出身,只是没有出洋而已。老大娶了那位性情古怪的夫人,他们简直无法理解。但是儿子历年寄给他们的钱,他们分文没用,想将来用做女儿的嫁妆。

许伯母的信最长,是写在宣纸上的,字很娟秀,许彦成从没见过。她信中说,她的女儿向来有个使命感,说自己是上天派来伺候爹妈工作并为他们养老的。她不嫁人,认小丽做了女儿,姑侄俩亲如母女。还说她见了许彦成寄来的姚小姐照片,赞叹说,真是幽娴贞静的大家闺秀,并说彦成从前那位夫人,相貌虽然端正,却俗在骨里,开水冲也冲不掉的。伯母的信最后说:"目前你伯父工作忙,等过两年退休了,我们才能得空来拜见亲家。彦成你先向亲家道喜并问好。"许伯母还附送了一份贺仪,说只是送姚小姐买一双鞋袜或喜糖之费。

罗厚说:"你们真是门当户对,我妈妈也是老式女人,字也写得不错,但是只会看信,不大会写,你伯母是洋式才女。"彦成高兴地把信揣在怀里,然后又郑重地交给罗厚,叫他带给姚伯母看。

姚太太看了许彦成托罗厚带给她过目的信,随后就收到天津许家汇来的一笔钱。她说:"这是许先生家送的聘金,我还没有为阿宓办嫁妆呢!"

罗厚说:"许先生是倒插门女婿呀!这笔钱是他的'陪嫁'。"

陆舅妈笑说:"你将来也是倒插门的女婿呀!以后也像我一样没陪嫁!"

罗厚说:"李妹妹还小呢,我到银行立个零存整取的存折,四五年后也该有一份'陪嫁'了。反正舅妈放心,我是有志青年,不指望舅妈为我办'嫁妆'的。"

第 九 章

许彦成见了姚太太,姚太太悄悄地问他:"阿宓是不是只肯跟你做朋友,不愿和你做夫妻? 她嫌你吗?"

许彦成说:"不会吧!"他给姚伯母问得心慌了。他满以为阿宓会笑着投入他的怀抱。可她却是怯怯地直躲着他,紧跟着妈妈,寸步不离,也不抬眼看他。

许彦成急了,她不愿意和他结婚吗? 他忙给王正打了一个电话,请王正到四合院儿,说有要事相商。

王正果然很快就和马任之到了四合院。他们说:

"我们来带你们上婚姻登记处去登记。"姚宓没有反对。

王正拣了一件秋香色的旗袍叫姚宓换上，她乖乖地换上了，又自己穿上一双半高跟的皮鞋。她和许彦成一起上了汽车，到婚姻登记处，人并不多，据那边的办事人员说，再过几天，就要大忙了，人人都要求八月中秋花好月圆的口彩，所以这两天比较闲，没人和他们抢先登记。

王正坐在姚宓旁边，觉得姚宓的手冰凉。马任之坐在司机旁边，许彦成坐在姚宓旁边，姚宓却贴近王正坐，尽量离许彦成远些。他们很快就登记完毕，马任之让罗厚去叫一桌上好的酒席。

他们回家，陆舅妈已经把新房都布置停当了。姚太太留给女儿的大床，已经铺上刚缝好的大红被子。姚太太大皮箱里藏了多年的喜事绣花枕头，也找出来放在新床上了。这是姚太太自己的结婚床，这张床也非常考究，因为喜事的床，总是男家买的。俗语说："先嫁床，后嫁郎。"一年三百六十五天，三分之一的时光躺在床上。所以姚太太把自己结婚的新床，留给女儿了。这张床很别致，四围是珠罗纱帐子，帐子里显得安全舒服。新房窗外搭着个窗帘，原先没挂，这会子也换了个新的挂上了，这是一间特别安适的新房。

姚宓看了一看，就逃出来了，仍是紧紧挨着妈妈。姚太太假装不知道马任之通知了李先生家请他们吃喜酒。李先生来不及买礼物，只买了大包喜糖，准备改日宴请。

许彦成换上了最好的新西服。罗厚会办事，请附近的好馆子来一位最高级的厨师，挑了担子到他们家去办喜事筵席。店家说："我们的厨师，再过几天家家抢。七月十五是鬼节，做阴寿的都挑那天。八月十五是人节，办喜事又是扎堆儿。现在是七月底八月初，恰好闲着。到人人抢的时候，就只有二等三等的厨师了。"

老厨师还记得这个姚家，他和姚家的厨师很哥们儿，不过不是一个师傅。头等厨师，不肯做私家厨子的。

姚太太和陆舅妈已经找了一件玫瑰红的旗袍叫阿宓试装，她一穿果然合身。姚太太的个儿没阿宓高，那个时期的旗袍做得长，阿宓个儿高，穿上正好，不长不短，恰恰合身。

姚太太就叫女儿洗澡，这是照例规矩。姚太太告诉许彦成，附近有澡堂。许彦成说："妈妈，我恰巧今天早上在那边宿舍里洗了一个干净澡，连内衣也换了干净的。"姚太太点头满意。姚宓乖乖地洗完了澡，换上玫瑰红的旗袍，由陆舅妈为她装新，她让陆舅妈给她涂些她自己的胭脂。姚太太留着些不伤皮肤的好粉为她扑上。恰好小李来了，一见这个打扮好的姚姐姐，高兴地说："姚姐姐呀，你简直是天上掉下来的美人儿，我从来没想到姚姐姐竟是这么美！"

许彦成登记回来，见了姚太太，就称"妈妈"，姚太太听了特称心。这时他进来迎姚太太母女去坐席。

姚太太由陆舅妈扶着。姚宓不要许彦成扶，彦成便出去站在大圆桌前面等待。姚宓由李妹妹扶着出来，满桌客人都拍手欢迎。姚太太坐留给她的空位子，挨着她的就是姚宓，旁边是许彦成，对面是马任之和王正。马任之旁边是李先生，李先生旁边是李师母。李先生叫女儿出来斟酒，小李也换了一件红色的新衣，围着桌子，一一敬酒。姚太太座后是沈妈，她一年到头为姚家做饭。姚太太说，这回她也坐席坐个上上座儿，姚太太吃不了的请沈妈代吃。沈妈声明：她只代吃菜，不管喝酒。酒，她也爱，可是姚小姐的喜酒席上，她多喝了发酒疯不好。

王正看着姚宓那副害怕的样子，忍不住说："姚宓笑笑！干吗吓得傻乎乎的，谁要吃了你吗？"

姚宓苦着脸说："他……"

大家等她下文，姚宓反倒不响了。

王正说："他要吃了你吗？"

姚宓还是苦着脸不响。

满座哄然大笑，连姚太太也笑了。

马任之笑着说："老许啊，你是老师，该知道咱们孔老夫子的名言：夫子循循善诱！"

许彦成会意，他红了脸，当众轻轻地搂搂姚宓说："我保证，我永远是最温柔的好丈夫！"大家都又笑又拍手。

正好厨师端上第一道热菜，许彦成站起来，谢谢马任之和王正为他请这顿喜酒。他请大家放怀喝酒，品尝这个厨师的手艺。

李先生说："老许啊，今天最乐和的，该是你了，我先贺你喝三杯。"

姚太太把筷子打着碗说："老李啊，这话错了，今天最乐和的是我！我现在有儿有女，不再是孤寡老人了！"

李先生豪爽地认错，自己斟满了酒，连喝三杯。

李师母和小李陪喝，马任之自己斟了酒也给王正斟了酒，也举杯祝贺姚太太。李师母很调皮地说："瞧丈母娘多会护女婿呀。"

姚太太举起一个指头，对她点了三点，意思是彼此彼此。李师母会意，自己也笑。大家在欢声笑语中吃完了酒席，大伙把一对新人送入洞房。

客散以后，罗厚独自一人，坐在门口，抬头只见一弯新月，满院寂寞得没法儿摆布。

他只好到厨房去刷洗了杯盘碗碟，又把剩下来的菜肴折在一处烧了一开，免得馊掉。他尝味儿倒不错。他想，这大概就是叫花子所谓的"折箩"了。从前酒席的剩余，酒家挑回店去，叫花子都来抢，酒家干脆并做一大锅，煮一煮施舍叫花子，称"折箩"。他这锅"折箩"，可供他家几天的荤菜，每天添些蔬菜就行了。他一个人刷盘洗碗，把厨房收拾得干干净净，忙得劳累了，回房一觉，睡到天亮。

一老早，他就进去向姚伯母道喜，只见姚宓和许彦成已经在姚伯母屋里问安。他说了昨天的寂寞，大家都笑了，许彦成说："罗厚，以后我还是和你一起管大门。沈妈平常就爱忘，昨晚更忘得干干净净了。"

姚太太和女儿女婿，从此在四合院里，快快活活过日子。

结 束 语

中秋佳节,李先生预备了一桌酒席,一来为姚太太还席,二来也是女儿的订婚酒。时光如水,清风习习,座上的客人,还和前次喜酒席上相同,只是换了主人。

许彦成与姚宓已经结婚了,故事已经结束得"敲钉转角"。谁还想写什么续集,没门儿了!